Baleine ou poisson?

Méli-mélo chez les animaux

MELVIN BERGER

Illustrations de
MARSHALL PECK III

Texte français de
MARTHE FARIBAULT

Les éditions Scholastic

À Jake, avec toute mon affection.
— M. B.

À Robin.
— M.H. P. III

Données de catalogage avant publication (Canada) disponibles

Il est interdit de reproduire, d'enregistrer ou de diffuser en tout ou en partie le présent ouvrage, par quelque procédé que ce soit, électronique, mécanique, photographique, sonore, magnétique ou autre, sans avoir obtenu au préalable l'autorisation écrite de l'éditeur.

Pour toute information concernant les droits s'adresser à Scholastic Inc., 555 Broadway, New York, NY 10012.
Copyright © Melvin H. et Gilda Berger Trust, 1995, pour le texte. Copyright © Scholastic Inc., 1995, pour les illustrations. Tous droits réservés.

Conception graphique de la couverture et du livre : Laurie Williams

Titre original : A Whale is not a fish

ISBN 0-590-16026-5

Édition publiée par Les éditions Scholastic, 123, Newkirk Road, Richmond Hill (Ontario) L4C 3G5.

3 2 1   Imprimé aux États-Unis   6 7 8 9/9

Table des matières

BALEINE OU POISSON?

Les baleines et les poissons vivent dans l'eau. Leur corps est de forme hydrodynamique. Mais...

... les baleines sont énormes,...

Les baleines sont toutes grosses, et certaines peuvent même être gigantesques. Par exemple, la baleine bleue est l'animal le plus gros du monde. Lorsqu'elle a atteint la taille adulte, elle a environ la longueur de trois autobus, le poids de 25 éléphants et la hauteur d'une maison de deux étages.

BALEINE BLEUE

...et les poissons sont plus petits.

On trouve des poissons de toutes les tailles. La plupart sont nettement plus petits que les baleines. Le poisson le plus petit du monde est le gobie. Il mesure à peine plus d'un centimètre. Par contre, les plus gros poissons atteignent la taille des plus petites espèces de baleines.

Un GOBIE D'OKINAWA
à côté d'une baleine bleue.

La queue des baleines est horizontale,...

Pour nager, les baleines agitent leur queue de haut en bas. Ainsi, elles sont propulsées vers l'avant. La plupart des baleines se déplacent à une vitesse d'environ 6 km/h. Mais, lorsqu'elles sont pressées, certaines d'entre elles peuvent atteindre une vitesse d'environ 55 km/h à l'heure.

La peau des baleines est lisse et caoutchouteuse,...

As-tu déjà touché la peau d'une baleine? Oui? Alors tu t'es rendu compte que sa peau est lisse. Lorsqu'on flatte une baleine, on a l'impression de toucher à un ballon de caoutchouc. Sous la surface de la peau des baleines, il y a une couche de matière grasse. Chez certaines espèces, cette couche peut avoir jusqu'à 30 cm d'épaisseur.

...et celle des poissons est verticale.

Pour nager, les poissons agitent leur queue de gauche à droite. Le thon est l'un des nageurs les plus rapides de l'océan. Il peut filer à une vitesse d'environ 65 km/h.

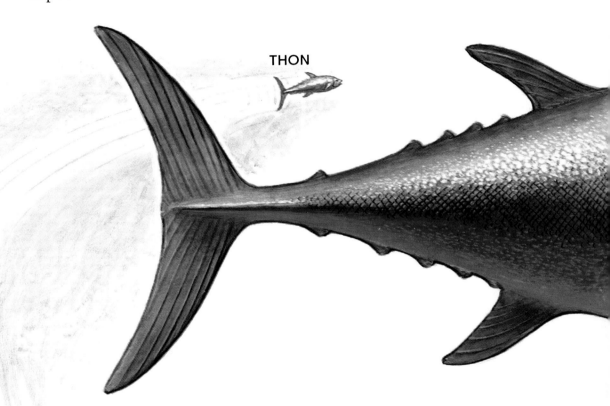

THON

...et celle des poissons est couverte d'écailles.

Toucher un poisson est complètement différent. Certaines écailles peuvent être douces au toucher. Mais la plupart sont dures et rêches sous la main. Les écailles les plus désagréables à toucher sont celles des requins. Elles pointent en l'air, comme des ongles prêts à griffer.

Les baleines respirent dans l'air,...

Les baleines vivent dans l'eau, mais elles respirent de l'oxygène qu'elles vont chercher dans l'air. Leurs narines, appelées «évents», sont situées sur le dessus de leur tête. Grâce à ces évents, elles prennent de grandes goulées d'air qui vont remplir leurs poumons. Certaines espèces de baleines peuvent rester sous l'eau jusqu'à deux heures sans avoir besoin de remonter à la surface pour respirer. Lorsqu'elles expirent, les baleines envoient dans les airs de grands jets d'air mêlés d'eau.

...et les poissons respirent dans l'eau.

Les poissons ont besoin d'oxygène, eux aussi. Mais ils peuvent aller le chercher dans l'eau. Pour respirer, les poissons font entrer de l'eau dans leur gueule. Puis, ils font passer cette eau par un organe qui se trouve à l'arrière de leur tête. Cet organe s'appelle «branchies». Les branchies sont capables d'extraire l'oxygène qui est dissous dans l'eau.

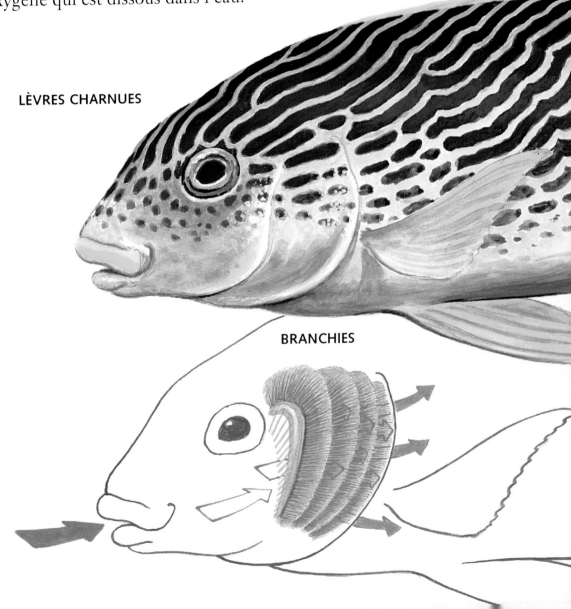

LÈVRES CHARNUES

BRANCHIES

Les baleines portent leurs petits dans leur ventre,...

Les baleines femelles portent un petit à la fois. Mais leur bébé peut être très gros. Le bébé de la baleine bleue pèse environ 1800 kg; il est plus de 500 fois plus lourd que le bébé humain. La maman baleine prend soin de son petit pendant un an. Elle le nourrit de son lait. Au cours de ses sept premiers mois de vie, le baleineau grossit d'environ 90 kg par jour.

CACHALOT

Les baleines ont le sang chaud,...

La température du corps de la baleine ne varie pas. La plupart des baleines séjournent pendant une partie de l'année dans les eaux froides des régions polaires, au nord et au sud. Le reste du temps, elles émigrent vers des régions où les eaux sont plus chaudes, pour y séjourner. Mais, que l'eau soit chaude ou froide, la température corporelle des baleines demeure la même.

...et la plupart des poissons pondent des œufs.

Les poissons femelles pondent dans l'eau de très grandes quantités d'œufs. Au bout de deux ou trois mois, les œufs éclosent et libèrent ainsi les bébés. Chez certaines espèces, la mère ou le père prend soin des petits. Mais, dans la plupart des cas, les bébés doivent se débrouiller tous seuls dès leur naissance.

PERCHE-SOLEIL

...et les poissons ont le sang froid.

C'est le contraire des baleines. Un poisson qui nage dans l'eau froide a le sang froid et, quand il nage dans l'eau chaude, son sang se réchauffe. Mais la température corporelle des poissons ne peut changer qu'un tout petit peu et très graduellement.

GRAND SINGE OU SINGE ORDINAIRE?

Les grands singes et les singes ordinaires sont des animaux au corps poilu qui vivent dans la jungle. Mais...

...les grands singes n'ont pas de queue,...

Les grands singes, comme le chimpanzé, le gibbon, le gorille, et l'orang-outan, se servent de leurs pattes pour marcher sur le sol ou pour grimper aux arbres. Ils n'ont pas besoin de queue.

ORANG-OUTAN

GORILLE

Les grands singes ont les bras plus longs que les jambes,...

Lorsqu'ils marchent, les grands singes ont le corps penché vers l'avant. Ils prennent appui sur leurs poignets. Comme leurs bras sont assez longs, ils sont presque complètement redressés lorsqu'ils marchent.

...contrairement aux singes ordinaires.

Les singes ordinaires passent leur temps à faire des acrobaties dans les arbres. Ils se servent de leur queue pour établir leur équilibre. Elle leur sert aussi de frein. Elle ralentit leur course lorsqu'ils sautent de branche en branche. Certaines espèces l'utilisent pour s'accrocher aux branches et aux lianes.

RHÉSUS

...et, chez les singes ordinaires, les bras et les jambes sont sensiblement de la même longueur.

Les singes ordinaires se servent de leurs quatre membres pour marcher. C'est commode d'avoir deux bras et deux jambes de même longueur pour batifoler dans les arbres et gambader sur le sol.

Les grands singes sont de grande taille,...

C'est utile d'avoir un grand corps, pour se protéger de ses ennemis. En effet, qui voudrait affronter un animal comme le gorille mâle adulte, qui mesure plus de deux mètres et qui pèse environ 200 kg?

GORILLE

...et les singes ordinaires sont plus petits.

La petite taille des singes ordinaires est utile à leur survie. En effet, la plupart des singes ordinaires sont assez légers pour pouvoir tenir sur de petites branches d'arbre. Et ils sont assez minces pour pouvoir se faufiler dans les broussailles. Le plus petit de tous les singes ordinaires est le ouistiti mignon. Il mesure environ 15 cm et pèse environ 500 g.

OUISTITI MIGNON

Les grands singes sont très intelligents,...

Les grands singes ont de gros cerveaux. Ils sont parmi les animaux les plus intelligents du monde. Les chimpanzés sont assez intelligents pour se servir de bâtons afin d'atteindre des aliments hors de leur portée. On a même réussi à apprendre à des chimpanzés et à des gorilles à communiquer par signes avec les humains.

CHIMPANZÉ

...et les singes ordinaires le sont moins.

Les singes ordinaires sont assez intelligents. En effet, il faut l'être pour évaluer les distances, lorsqu'on saute de branche en branche. Mais les singes ordinaires ne sont pas aussi intelligents que les grands singes.

CRAPAUD OU GRENOUILLE?

Les crapauds et les grenouilles sont de petits animaux qui vivent en partie sur la terre ferme et en partie dans l'eau. Ce sont des amphibiens. Les crapauds et les grenouilles ont quatre pattes, des yeux globuleux et n'ont pas de queue. Mais...

... les crapauds ont la peau foncée et sèche,...

La plupart des crapauds sont d'une couleur brune ou grise. Leur peau est sèche et rugueuse. Elle est recouverte de bosses et de verrues. Certaines personnes croient que, si on touche un crapaud, on peut attraper des verrues. Mais c'est totalement faux.

CRAPAUD

Les crapauds ont une vie plutôt terrestre,...

Les crapauds naissent d'œufs qui ont été pondus dans l'eau. Ils sont alors des têtards et vivent dans l'eau. Quand ils sont devenus des crapauds adultes, ils vont vivre sur la terre ferme. Ils y restent presque tout le temps. On voit rarement les crapauds par temps chaud et ensoleillé. Ils sont plus actifs la nuit ou par temps pluvieux.

...et les grenouilles ont la peau plus claire et humide.

La plupart des grenouilles ont la peau de couleur beaucoup plus vive que celle des crapauds. La peau des grenouilles est toujours humide au toucher.

OUAOUARON

...et les grenouilles partagent leur temps entre la terre ferme et l'eau.

Les grenouilles naissent aussi d'œufs pondus dans l'eau et sont des têtards au début de leur vie. Mais la plupart des grenouilles adultes passent autant de temps dans l'eau que sur la terre ferme. Certaines espèces vivent sous terre, dans des terriers. Elles n'en sortent que pendant ou après la pluie.

Les crapauds n'ont pas les pattes postérieures grosses et fortes,...

La plupart du temps, les crapauds rampent. C'est pourquoi ils n'ont pas besoin d'avoir des pattes très fortes.

Les crapauds n'ont pas de dents,...

Comme ils n'ont pas de dents, les crapauds avalent leur nourriture d'une seule bouchée. Ce qu'ils préfèrent, ce sont les insectes, les vers et les araignées.

...contrairement aux grenouilles.

Les grenouilles sont de bonnes sauteuses. Elles ont besoin de la puissance de leurs pattes postérieures pour parcourir en sautant de grandes distances au sol. Le record de saut en longueur pour une grenouille est de 6,3 m. Le record pour les humains n'est que de 2,4 m de plus! Dans l'eau, les pattes palmées de la grenouille lui permettent de nager très vite.

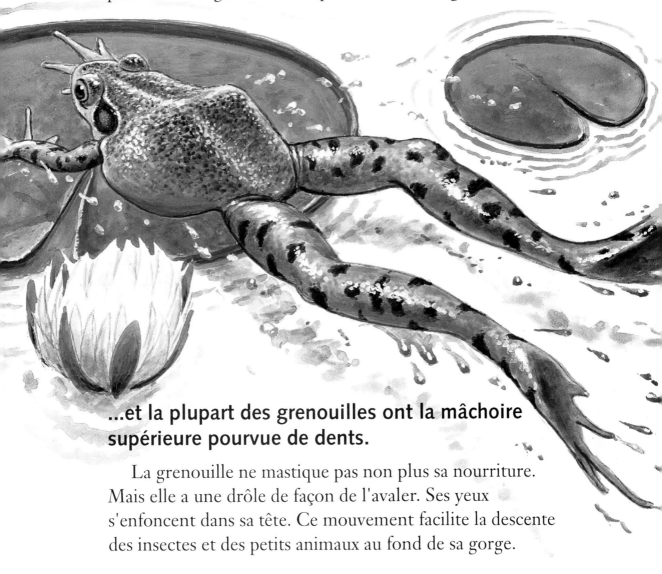

...et la plupart des grenouilles ont la mâchoire supérieure pourvue de dents.

La grenouille ne mastique pas non plus sa nourriture. Mais elle a une drôle de façon de l'avaler. Ses yeux s'enfoncent dans sa tête. Ce mouvement facilite la descente des insectes et des petits animaux au fond de sa gorge.

ALLIGATOR OU CROCODILE?

Les alligators et les crocodiles sont des animaux qui se ressemblent beaucoup. Tous deux ont le corps étroit, la peau rugueuse, les pattes courtes et une longue queue. Mais...

...les alligators ont le museau large,...

Le bout du museau de l'alligator est large et arrondi. En mordant avec sa puissante mâchoire, il peut casser une grosse planche de bois.
Malgré cela, un humain peut la lui tenir fermée de ses mains!

ALLIGATOR

Les alligators sont lourds,...

Un gros alligator mâle peut mesurer jusqu'à 3,6 m de longueur et peser jusqu'à 250 kg.

...et les crocodiles ont le museau plus pointu.

Le museau du crocodile est plus petit que celui de l'alligator. Mais on craint généralement plus le crocodile que son semblable. Le crocodile est plus porté à attaquer les humains que l'alligator.

CROCODILE

...et les crocodiles sont plus légers.

Un gros crocodile mâle est aussi long et aussi gros qu'un alligator. Mais il pèse environ 180 kg.

Les alligators se déplacent lentement,...

L'alligator se laisse flotter dans l'eau. Il attend qu'un poisson, un serpent, une grenouille ou une tortue soit à sa portée. Alors, il attrape sa proie, l'entraîne sous l'eau, puis la dévore.

Les dents de l'alligator ne sont pas visibles lorsqu'il a la bouche fermée,...

Lorsque l'alligator a la gueule fermée, aucune dent n'est visible. Pourtant, à l'intérieur de sa gueule, il a de nombreuses dents, longues et pointues. Elles peuvent transpercer la chair d'un animal sans difficulté.

...et les crocodiles se déplacent plus vite.

Les crocodiles mangent la même chose que les alligators. Mais les crocodiles ne restent pas à attendre passivement leur repas. Ils rôdent à l'affût d'animaux à attraper et à dévorer.

...et le crocodile a deux dents qui dépassent lorsqu'il a la bouche fermée.

Lorsque le crocodile ferme la bouche, une longue dent plantée dans sa mâchoire supérieure demeure visible de chaque côté.

LES CHAUVES-SOURIS SONT-ELLES DES OISEAUX?

Les chauves-souris et les oiseaux ont des ailes qui leur permettent de voler. On en trouve partout dans le monde. Mais...

...les chauves-souris ont le corps couvert de poils,...

La plupart des chauves-souris ont une fourrure brune, grise ou rousse qui leur couvre le corps, mais pas les ailes. Les ailes de la chauve-souris sont recouvertes d'une peau qui est lisse.

CHAUVE-SOURIS BRUNE

La tête des chauves-souris ressemble à celle d'un petit chien,...

La plupart des chauves-souris ont un museau allongé. Elles ressemblent à un petit chien ou à un petit ours. Certaines espèces, cependant, ont le museau écrasé.

...et les oiseaux ont le corps couvert de plumes.

Le corps des oiseaux est couvert de plumes, sauf sur le bec et les pattes. Grâce à leurs plumes, les oiseaux peuvent voler et maintenir leur corps à une température constante. Les oiseaux sont les seuls animaux à plumes.

HIRONDELLE

...et les oiseaux ont une tête plus arrondie.

La plupart des oiseaux ont la tête arrondie; mais l'aspect peut en être modifié par les plumes.

En général, les chauves-souris ont de petites dents pointues,...

Les chauves-souris mastiquent leurs aliments avec leurs dents. Elles le font très vite et digèrent leur nourriture rapidement. La plupart préfèrent les insectes. Certaines espèces aiment manger des scorpions et de petites souris. Les vampires, une espèce de chauve-souris, se nourrissent de sang animal, principalement de sang de bovins.

...et les oiseaux ont un bec.

Les oiseaux n'ont pas de dents, mais un bec. La forme du bec varie suivant le type d'aliments dont chaque oiseau se nourrit. Les pics se servent de leur long bec pointu pour percer l'écorce des arbres et y trouver des insectes. Les chardonnerets se nourrissent de graines qu'ils cassent avec leurs petits becs très puissants. Enfin, les pélicans gobent des poissons qu'ils pêchent dans l'eau avec leurs longs becs ventrus.

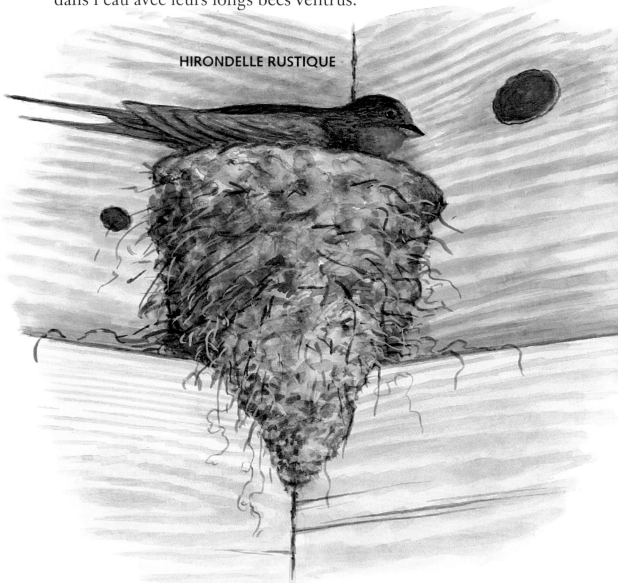

HIRONDELLE RUSTIQUE

Les chauves-souris mettent bas,...

En général, la chauve-souris a un seul petit à la fois.
Elle le nourrit de son lait. Comme les chauves-souris
ne font pas de nid, le petit est obligé de rester accroché
à sa mère pendant plusieurs
semaines, pour survivre.

...et les oiseaux pondent des œufs.

Les femelles de presque toutes les espèces d'oiseaux pondent des œufs dans un nid. Au bout de quelques semaines, les œufs éclosent. Les bébés en cassent la coquille pour en sortir.

ALOUETTE

Les chauves-souris ont l'ouïe très fine,...

Les chauves-souris volent généralement la nuit, lorsqu'il est difficile d'y voir clair. Elles produisent de petits cris brefs et aigus dont elles écoutent l'écho. Si le son prend un certain temps à revenir à leurs oreilles, elles savent qu'il n'y a pas à proximité d'obstacle qui leur renvoie le son. Si le son leur revient rapidement, elles savent qu'un objet se trouve à proximité; c'est peut-être un insecte, dont elles sont si friandes.

...et les oiseaux ont une très bonne vue.

De façon générale, les oiseaux dorment la nuit et volent le jour. C'est habituellement leur vue, et non leur ouïe, qui leur permet de trouver leur nourriture. Les oiseaux ont une excellente vue. Un aigle peut repérer une souris à des kilomètres. Et, comme leurs yeux sont placés sur les côtés de leur tête, les oiseaux peuvent voir dans presque toutes les directions.

PETITE BUSE

PAPILLON DE NUIT OU PAPILLON DE JOUR?

Les papillons sont tous des insectes. Et parmi les plus beaux! Mais...

...les ailes des papillons de nuit sont accrochées l'une à l'autre,...

Les papillons de nuit ont deux paires d'ailes, une paire antérieure et une paire postérieure. Chez les papillons de nuit, l'aile antérieure est accrochée à l'aile postérieure.

PAPILLON DE NUIT

Au repos, les papillons de nuit ont les ailes à plat,...

Lorsqu'il se pose quelque part, le papillon étend ses ailes à l'horizontale.

...contrairement aux ailes du papillon de jour.

Les papillons de jour ont aussi deux paires d'ailes. Mais les ailes antérieures et postérieures ne sont pas accrochées l'une à l'autre.

MONARQUE

...et les ailes des papillons de jour sont verticales.

Quand il se pose, le papillon de jour redresse ses ailes à la verticale, comme les voiles d'un voilier. Les ailes des papillons de nuit et des papillons de jour sont couvertes d'écailles qui forment une fine poudre. Ces écailles captent la lumière et donnent aux ailes leurs jolies couleurs.

La plupart des papillons de nuit volent au crépuscule ou durant la nuit,...

En général, on ne voit pas les papillons de nuit durant la journée. Ils se cachent pour se protéger de leurs prédateurs, qui vivent le jour. Lorsqu'ils volent, ils vont à la recherche du nectar des fleurs et du jus des fruits qu'on trouve dans la nature et dont ils sont friands.

...et les papillons de jour volent le jour.

Les papillons de jour ne craignent pas de voler en plein jour. Ils sont souvent affreux au goût. Les animaux à qui il arrive d'en manger un par erreur ne recommencent plus jamais. Les couleurs vives de leurs ailes servent à avertir les autres animaux qu'ils ne sont pas bons à manger.

Les papillons de nuit ont le corps trapu et velu,...

La plupart des papillons de nuit ont le corps gros et couvert de petits poils.

Les papillons de nuit ont les antennes velues,...

Les antennes sont des organes sensitifs que les papillons de nuit et les papillons de jour ont sur la tête. Ils s'en servent principalement pour capter les odeurs. Les antennes d'un papillon de nuit sont couvertes de duvet.

...et les papillons de jour ont le corps élancé et sans poils.

Les papillons de jour ont un corps fin et dépourvu de poils.

...et les papillons de jour ont des antennes fines.

Chez les papillons de jour, les antennes sont aussi, principalement, l'organe de l'odorat et, secondairement, celui de l'ouïe et du toucher. Mais ce sont de minces tiges lisses, avec un renflement à l'extrémité.

Les chenilles de certaines espèces de papillons de nuit produisent de la soie,...

À un certain stade de son existence, la chenille du papillon de nuit tisse un abri autour d'elle. C'est ce qu'on appelle un cocon. Le cocon se compose d'un seul long fil. La soie dont on fait les tissus provient du cocon d'une espèce particulière de papillons de nuit. Sa chenille s'appelle «ver à soie». La soie est une des fibres textiles les plus résistantes et les plus belles.

VER À SOIE

Les larves de la plupart des papillons de nuit font des trous dans les lainages,...

Les papillons de nuit et les papillons de jour proviennent d'œufs qui éclosent pour donner une larve appelée «chenille». Celle-ci se transforme ensuite et devient un papillon. Toutes les chenilles se nourrissent de feuilles. Mais les larves des papillons de nuit aiment bien manger de la laine, aussi. Ce sont elles qui font les trous qu'on trouve parfois dans les lainages.

...et les papillons de jour aussi, mais on ne peut l'utiliser.

Les chenilles des papillons de jour tissent aussi des cocons. Mais on n'a pas encore trouvé le moyen d'en dérouler le fil pour l'utiliser comme fibre textile.

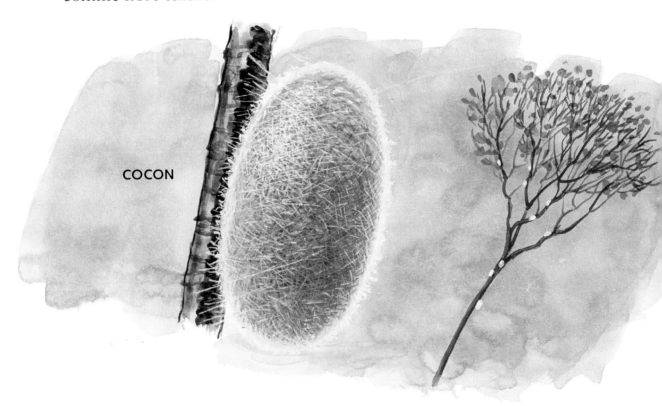

COCON

...et celles des papillons de jour n'en font pas.

Les larves de papillons de jour se nourrissent principalement de feuilles. Elles n'apprécient pas la laine. Ce ne sont donc pas elles qui grugent les lainages.

LIÈVRE OU LAPIN?

Les lièvres et les lapins sont de petits animaux à fourrure, pourvus de longues oreilles et d'une queue courte et touffue. Ils courent dans les jardins, les champs et les bois. Mais...

...la plupart des lièvres sont grands,...

Les plus grands lièvres mesurent environ 65 cm de longueur et pèsent plus de 3,5 kg. Le lièvre de Californie est parmi les plus grands. Le lièvre d'Amérique est un peu plus petit.

LIÈVRE

Les lièvres échappent à leurs prédateurs en se sauvant à grands sauts...

Si un lièvre sent un danger, il se sauve en faisant de grands bonds grâce à ses puissantes pattes arrière. Certaines espèces de lièvres peuvent atteindre une vitesse de 30 km/h.

...et les lapins sont plus petits.

Les plus grands lapins font la moitié de la longueur d'un lièvre. Et la plupart des espèces de lapins pèsent moins de 2 kg.

LAPIN

...et les lapins vont plutôt se cacher.

Les lapins peuvent aussi faire de grands bonds. Mais, lorsqu'ils se sentent menacés, ils préfèrent se cacher, plutôt que de risquer de se faire attraper. Si un prédateur s'approche de trop près, ils vont quand même se sauver. La vitesse maximale qu'un lapin peut atteindre est de 11 km/h.

Les petits lièvres naissent avec de la fourrure et ont les yeux ouverts...

Les femelles lièvres mettent bas dans une sorte de cuvette qu'elles creusent avec leurs pattes à la surface du sol. Quelques heures après leur naissance, les petits sont capables de gambader autour.

...et les lapins naissent sans fourrure et ont les yeux fermés.

Les lapines mettent bas dans des nids souterrains qu'on appelle terriers. Elles les garnissent de brins d'herbe et de touffes de poils de leur propre fourrure. Les lapereaux naissent aveugles et sans fourrure, et sont incapables de courir et de sauter. Leur mère en prend soin pendant environ deux semaines, jusqu'à ce qu'ils voient, que leur fourrure ait poussé et qu'ils puissent gambader.

LES ARAIGNÉES NE SONT PAS DES INSECTES

Bien des gens croient que les araignées sont des insectes. Mais non! Mais...

... les araignées ont huit pattes,...

Toutes les espèces d'araignées ont huit pattes (quatre de chaque côté du corps). Pour marcher, l'araignée met en mouvement la première et la troisième patte, d'un côté, et la deuxième et la quatrième, de l'autre. Puis, pour faire le pas suivant, elle fait le contraire.

ARAIGNÉE À TOILE GÉOMÉTRIQUE

Le corps de l'araignée se compose de deux parties,...

La partie antérieure du corps de l'araignée comprend la tête et le thorax (ou poitrine). Cette partie est séparée de la partie postérieure par un étranglement. La partie postérieure correspond à l'abdomen (le ventre). Toutes les araignées ont un corps ainsi composé de deux parties. Mais on en trouve de toutes les tailles, depuis la grosse tarentule, qui mesure 22 cm, jusqu'à la plus petite araignée du monde, qui ne mesure que 0,05 cm.

...et les insectes n'ont que six pattes.

Les insectes ont seulement six pattes (trois de chaque côté). Lorsqu'un insecte marche, il déplace la patte du milieu, d'un côté, et les pattes antérieure et postérieure, de l'autre. Au pas suivant, il fait le contraire.

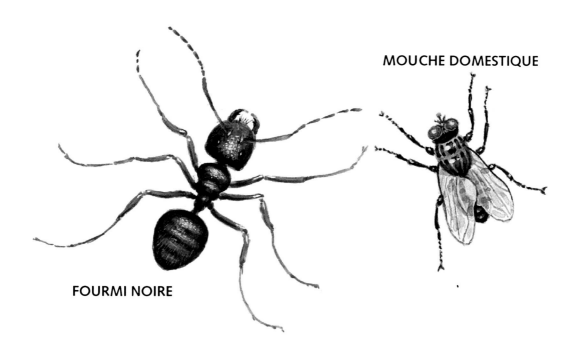

MOUCHE DOMESTIQUE

FOURMI NOIRE

...et le corps d'un insecte se compose de trois parties.

Le corps des insectes (comme la mouche, la fourmi ou l'abeille) comprend trois parties : la tête, le thorax et l'abdomen.

Les araignées n'ont pas d'ailes,...

Les araignées savent marcher. Certaines espèces peuvent sauter. Mais aucune ne peut voler.

ARAIGNÉE

Les araignées n'ont pas d'antennes,...

Les insectes peuvent toucher les objets et sentir les odeurs grâce à leurs antennes. Les araignées le font avec leurs pattes. Les pattes des araignées sont couvertes de petits poils. Ces poils leur permettent de palper les objets qu'elles touchent, de percevoir les odeurs et même d'entendre les sons.

...et la plupart des insectes ont des ailes.

La plupart des insectes peuvent voler. La fourmi commune n'a pas d'ailes. Mais d'autres espèces de fourmis en ont.

... et, en général, les insectes ont des antennes.

Presque tous les insectes sont pourvus d'une paire d'antennes. Ces antennes sont leur organe du toucher et de l'odorat. La sensibilité de cet organe est parfois étonnante. Par exemple, les papillons de nuit mâles peuvent sentir une femelle papillon de nuit à plus de 1,5 km.

Les crabes, les crevettes et les homards, qui ne sont pas des insectes non plus, ont aussi des antennes.

Les araignées attendent que leurs proies soient à leur portée,...

La plupart des araignées tissent généralement une toile. Elles s'y installent et attendent. Tôt ou tard, un insecte vient à se prendre dans la toile. Alors l'araignée bondit et dévore sa proie. Les araignées tuent leurs proies grâce au poison qu'elles leur injectent avec leurs mâchoires. Seules quelques espèces d'araignées sont dangereuses pour les humains.

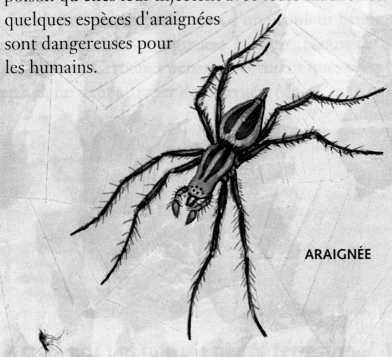

ARAIGNÉE

... mais les insectes chassent leurs proies.

Les insectes sont toujours actifs. Ils se déplacent à la recherche de nourriture. Ils se nourrissent de toutes sortes de choses : des plantes ou des déchets, des cadavres d'animaux ou du sang humain.

MANTE RELIGIEUSE

ÂNE OU MULET?

Les ânes et les mulets ressemblent à de petits chevaux. Tout comme ceux-ci, on peut les atteler à une charrette et leur faire tirer de lourdes charges. Mais...

...le papa et la maman de l'âne sont tous deux des ânes,...

Lorsqu'un âne et une ânesse s'accouplent, ils ont un petit qu'on appelle «ânon». L'ânon ressemble à un bébé zèbre qui n'aurait pas de rayures. Il a de longues oreilles, de petits sabots et une touffe de longs poils au bout de la queue.

...mais le papa du mulet est un âne, tandis que sa maman est une jument.

Le jeune mulet ressemble à l'âne par certains traits et au cheval par d'autres. En général, les mulets ne peuvent pas avoir de petits.

MULET, ÂNE, CHEVAL

Les ânes sont petits,...

À la hauteur des épaules, l'âne mesure généralement de 90 cm à 1,20 m. Les plus petits ânes servent à monter, tandis que les plus grands servent d'animaux de trait, pour tirer des charrettes et des fardeaux.

Les ânes ne sont pas très obéissants,...

Un âne qui subit de mauvais traitements devient très entêté. Il peut aller jusqu'à refuser complètement d'avancer.

... et les mulets sont plus grands.

Les mulets sont généralement plus grands et plus forts que les ânes. À la hauteur des épaules, ils mesurent environ 1,5 m. Autrefois, dans les fermes, les chantiers ou les mines, on utilisait des mulets pour tirer de lourdes charges.

... et les mulets sont de bons animaux de trait.

Les mulets restent de bons travailleurs, même si on les maltraite. Ils acceptent aussi plus facilement que les ânes qu'on leur mette une selle sur le dos. Mais il arrive qu'un mulet n'obéisse pas aux ordres reçus. C'est de là que vient l'expression populaire «têtu comme une mule».

MARSOUIN OU DAUPHIN?

Les marsouins et les dauphins sont des mammifères marins au corps massif et à la peau lisse. Ils sont apparentés à la baleine. Mais...

...le marsouin est plus petit,...

Le marsouin peut mesurer jusqu'à 2 m environ et ne pèse pas plus de 100 kg.

MARSOUIN COMMUN

Le marsouin a le museau bombé,...

Le museau du marsouin est court et arrondi.

... et le dauphin est plus grand.

Certaines espèces de dauphins peuvent mesurer jusqu'à 4 m et peser environ 275 kg. Les plus grands dauphins s'appellent «épaulards» ou «orques»; ils mesurent jusqu'à 9,5 m et pèsent environ 5 400 kg.

DAUPHIN À GROS NEZ

...et le dauphin a le museau pointu.

Le museau du dauphin ressemble un peu à un bec d'oiseau. On remarque que, contrairement à celui du marsouin, le bec du dauphin forme un angle avec la tête.

Les dents du marsouin ont la forme de petites spatules,...

Les dents du marsouin sont plates. Mais les marsouins ne mâchent pas leur nourriture. Ils se servent de leurs dents pour attraper les petits poissons dont ils se nourrissent. Une fois attrapés, ils les avalent tout ronds.

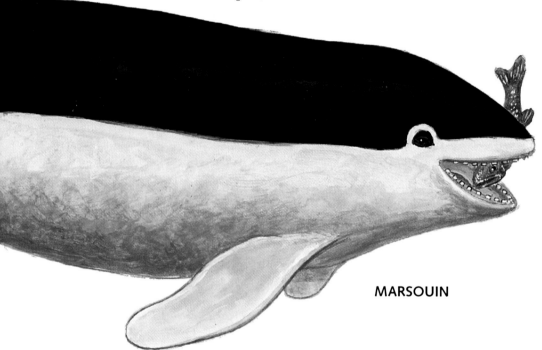

MARSOUIN

Le marsouin nage lentement,...

Le marsouin peut nager à une vitesse d'environ 20 km/h. Il circule généralement le long des côtes.

... et les dents du dauphin sont pointues.

Les dents du dauphin sont de forme conique.
Le dauphin mange à peu près les mêmes aliments que
le marsouin. Et il ne les mastique pas, lui non plus.

... et le dauphin nage vite.

Certaines espèces de dauphins peuvent
nager à une vitesse près de deux fois supérieure à
celle des marsouins. Ils peuvent atteindre 42 km/h.
Mais ils ne peuvent le faire que sur de courtes
distances. La plupart des dauphins vivent dans l'eau salée.
Mais certaines espèces d'Asie et d'Amérique du Sud vivent
dans les eaux douces des gros fleuves et des grands lacs.

HÉRISSON OU PORC-ÉPIC?

Les hérissons et les porcs-épics ont le corps couvert de piquants. C'est un moyen de défense pour eux. Mais...

... lorsqu'il se fait attaquer, le hérisson se roule en boule,...

Le hérisson a le corps couvert de piquants de 2,5 cm. Quand un prédateur s'approche de lui, il se roule en boule et ses piquants pointent partout vers l'extérieur. Il se met ainsi à l'abri de la plupart de ses prédateurs.

HÉRISSON

... et le porc-épic poursuit son assaillant pour le blesser avec ses piquants.

Le corps du porc-épic est recouvert de piquants qui sont faits comme des dards et mesurent de 2,5 à 12 cm. Lorsqu'il se fait attaquer, le porc-épic se défend. Il s'avance vers l'ennemi en courant sur le côté. Avec un mouvement de balancier, il le frappe de sa queue couverte de piquants. Ceux-ci ne sont pas vénéneux, mais ils pénètrent dans la chair de l'assaillant et y restent accrochés.

On raconte souvent que le porc-épic peut projeter ses piquants sur ses ennemis; c'est totalement faux.

PORC-ÉPIC

Le hérisson est petit,...

Les plus gros hérissons mesurent environ 45 cm et pèsent à peu près 1,5 kg.

Le hérisson ne quitte jamais le sol,...

Le hérisson est un animal d'Europe, d'Asie, d'Afrique et de Nouvelle-Zélande. Il vit sur le sol et se nourrit des insectes, des serpents, des petits mammifères, des oiseaux et des œufs d'oiseaux qu'il y trouve.

... et le porc-épic est plus gros.

Le porc-épic devient environ deux fois plus grand
(90 cm) et plus de dix fois plus pesant (environ 18 kg)
que le hérisson.

... et le porc-épic vit dans les arbres.

On trouve des porcs-épics en Europe, en Asie et en
Afrique. Ce sont des espèces qui vivent au sol. Les espèces
du Nouveau Monde, c'est-à-dire de l'Amérique du Nord et
de l'Amérique du Sud, vivent dans les pins et les sapins, où
elles font leurs maisons et se nourrissent d'écorce et
d'aiguilles de conifères.

Pour terminer

Tu viens d'apprendre un certain nombre de choses sur des confusions que l'on fait couramment à propos de certaines espèces animales. Mais, t'es-tu déjà demandé comment il se fait que certains animaux, en apparence si semblables, peuvent être en fait des espèces complètement différentes?

Les scientifiques étudient la façon dont les animaux :

- font leurs petits,

- respirent,

- se déplacent,

- mangent,

- etc.

Les scientifiques regroupent dans un même ensemble tous les êtres vivants qui sont semblables. Ils appellent ces grands regroupements des «règnes». Les animaux appartiennent tous au règne animal. Les plantes appartiennent toutes au règne végétal.

Le règne animal se subdivise en ensembles plus petits, suivant l'aspect extérieur de chaque animal et la façon dont il se comporte.

Les sous-ensembles suivants s'appellent «embranchements». Par exemple, tous les animaux qui ont une colonne vertébrale appartiennent à un même embranchement. Cet embranchement comprend les chiens et les chats, les grenouilles et les tortues, les singes et les humains. Les animaux qui n'ont pas de colonne vertébrale appartiennent à d'autres embranchements.

Les scientifiques subdivisent ensuite chaque embranchement en sous-ensembles plus petits, suivant d'autres critères. Les animaux vertébrés dont les petits naissent vivants, comme les chiens, les chats, les singes et les humains, appartiennent à une même «classe». Les vertébrés qui pondent des œufs, comme les grenouilles et les tortues, appartiennent à d'autres classes.

Les classes d'animaux se subdivisent à leur tour en sous-ensembles plus petits, suivant d'autres critères encore. Ces sous-ensembles s'appellent «ordre», «famille» et «genre».

Enfin, les scientifiques en arrivent à de très petits ensembles. Chacun ne contient qu'une sorte d'animaux et s'appelle «espèce». Comme tu viens de l'apprendre en lisant ce livre, il arrive que les animaux de certaines espèces ressemblent à ceux d'une autre espèce; mais tu sais maintenant que chaque espèce possède des caractéristiques qui lui sont propres et qui permettent de la distinguer des autres. À l'intérieur d'une même espèce, il n'y a pas de différences majeures entre les individus.

Tous les humains appartiennent à une même espèce, dont le nom est Homo sapiens. Tous les humains donnent naissance à des bébés, respirent de l'air, marchent et mangent de la même façon. Que nous soyons grands ou petits, gros ou minces, noirs, jaunes ou blancs, nous appartenons tous à la même espèce. Aucune confusion n'est possible ici!